LORD OF THE FLIES: The Graphic Novel
by William Golding, adapted and illustrated by Aimée de Jongh

Copyright ⓒ William Golding 1954
Adaptation and illustrations ⓒ Aimée de Jongh 2024
All rights reserved.

Korean translation edition is published by arrangement with
Faber and Faber Limited through EYA Co., Ltd.

Korean Translation Copyright ⓒ Minumsa 2024

이 책의 한국어 판 저작권은 에릭양 에이전시를 통해
Faber and Faber Limited와 독점 계약한 ㈜민음사에 있습니다.

저작권법에 의해 한국 내에서 보호를 받는 저작물이므로
무단 전재와 무단 복제를 금합니다.

윌리엄 골딩
WILLIAM GOLDING

파리 LORD OF
THE FLIES 대왕

그래픽 노블

아메 데용 각색 및 그림 이수은 옮김

민음사

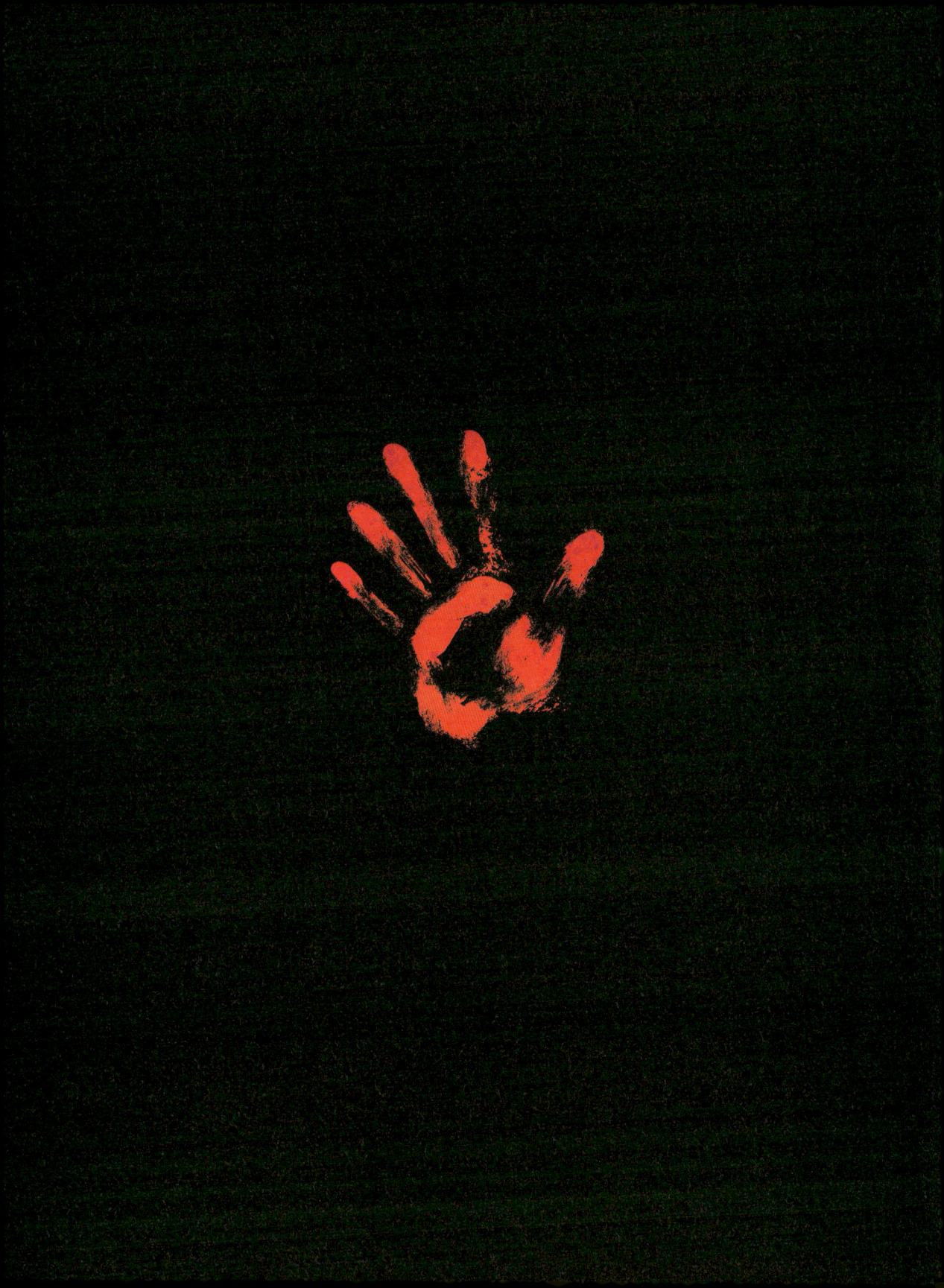

1장

소라고둥의 소리

금발 머리 소년은 1미터 남짓의 바위를 마저 내려가 바닷가 근처 산호초 호수 쪽으로 향했다.

벗어서 손에 들고 있던 교복 스웨터를 이제는 거의 끌다시피 했고 회색 셔츠는 몸에 들러붙었으며 머리카락은 이마에 엉겨 있었다.

열두 살하고도 몇 개월쯤 지난 나이의 소년은 더 이상 어린아이처럼
배가 볼록하지는 않았지만,

사춘기의 부끄러움을
알기엔 아직 어렸다.

랠프는 아무 말도 안 했다. 이곳은 산호섬이다. 뚱보의 불길한 예언 따윈 무시하고, 그는 기분 좋게 꿈에 젖었다.

저게 뭐지?

랠프는 미소를 거두고 산호초 호수 안쪽을 가리켰다. 양치식물 같은 풀들 속에 반질거리는 뽀얀 물체가 있었다.

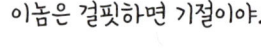

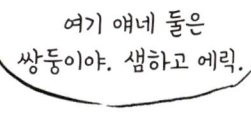

2장

산봉우리의 불길

소년들은 처음부터 이곳이 섬일 거라 짐작했다.

직감으로 그들은 사방이 바다라는 것을 알았다.

정상에 올라선 그들은 예상을 뛰어넘는 풍광에…

우거진 숲으로 막 들어선 그들이 터덜터덜 지친 걸음을 옮겨 놓고 있을 때…

…어떤 소리가 들려왔다.

끽끽거리는 소리…

그리고 발굽 같은 것이 오솔길을 힘껏 차는 소리.

그들은 새끼 돼지 한 마리가 덩굴에 걸려서는, 그 낭창거리는 줄기에서 빠져나오려고 엄청난 기세로 몸부림치는 광경을 보았다.

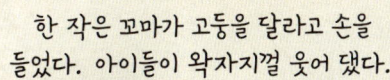
한 작은 꼬마가 고둥을 달라고 손을 들었다. 아이들이 왁자지껄 웃어 댔다.

꼬마는 화들짝 손을 거두고는 울음을 터뜨렸다.

꼬마한테 고둥을 줘라! 고둥을 줍시다!

...속닥임은 점차 잦아들었다.

3장

바닷가 오막살이

좋았어!

그래 이거지!

불 감시반은 저 위에 누워 있을 거야, 햇볕이 너무 뜨거워지면 그럴 수밖에 없으니까.

높은 데 올라가 그늘 속에서, 열기를 피해 쉬는 거지, 고향 집 암소들처럼….

그러다 한 마리를 슬쩍 낚아채는 거지. 놈들이 우릴 못 보게 위장칠을 해야겠어. 이렇게 녀석들을 에워싸고, 그런 다음—

사이먼은
우뚝 멈췄다.

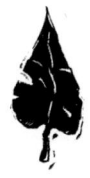

4장

위장칠한 얼굴, 텁수룩한 머리카락

어린 소년들은 이제 꼬맹이들로 통칭됐다.

꼬맹이들은 하루 대부분 시간을 손 닿는 높이에 있는 과일을 따 먹으면서 보냈다.

아이들이 엄마가 보고 싶어 우는 일은, 의외로 드물었다.

야자나무들이 뿌리내린 토양은 융기 해안이었다. 수 세대에 걸쳐 야자수들은 다른 해안의 모래톱 속에 있던 돌들을 서서히 이쪽으로 옮겨 놓았다.

로저는 조약돌을 한 움큼 집어서 아이들 쪽으로 던지기 시작했다.

하지만 아직까지 그는 헨리 주변 반경 5미터가량 안으로는 차마 돌을 던지지 못했다.

그것은 보이지는 않으나 엄연한, 옛 시절의 금기였다.

쪼그려 앉은 아이들 둘레로는 부모님과 학교와 경찰과 법의 보호가 작동하고 있었다.

그러나 금기를 모르는 로저의 팔은 황폐한 세계의 생활 양식에 적응했다.

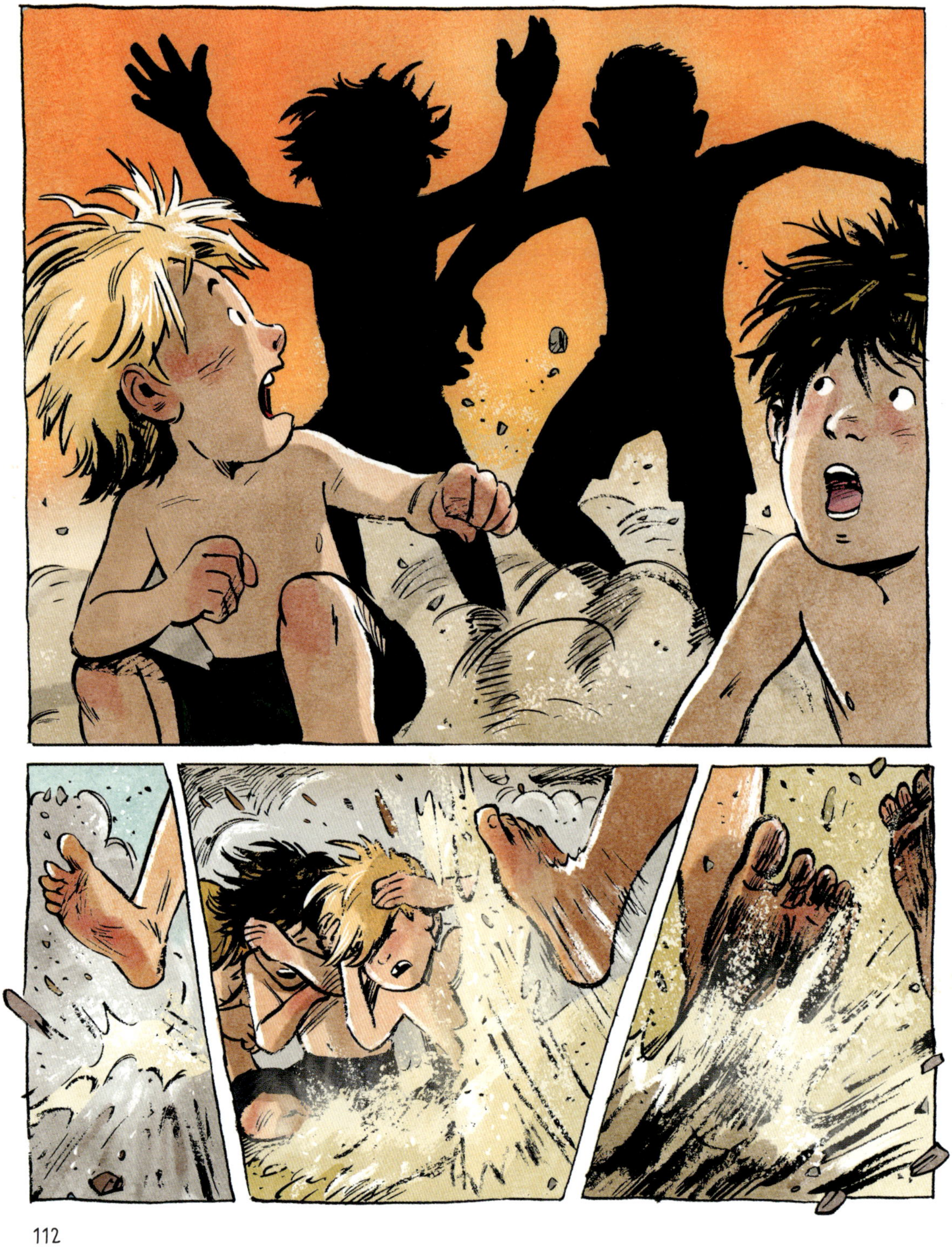

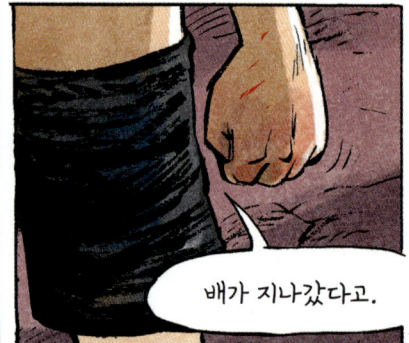

5장

물속의 야수

그렇게 늦은 시각에 소년들의 회의가 열린 것은 처음이었다.

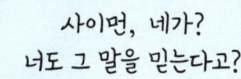

이번 회의에서 안건을 내려 했던 그의
신중한 계획은 산산조각 났다.

두려움, 야수들, 불을 지키는 일이 최우선 사항이라는
모두의 합의는 이루어지지 않았다. 누군가가 상황을
바로잡으려 할 때마다 토론은 논점을 벗어났고
전혀 새로운, 불편한 쟁점으로 넘어가 버렸다.

6장

하늘의 야수

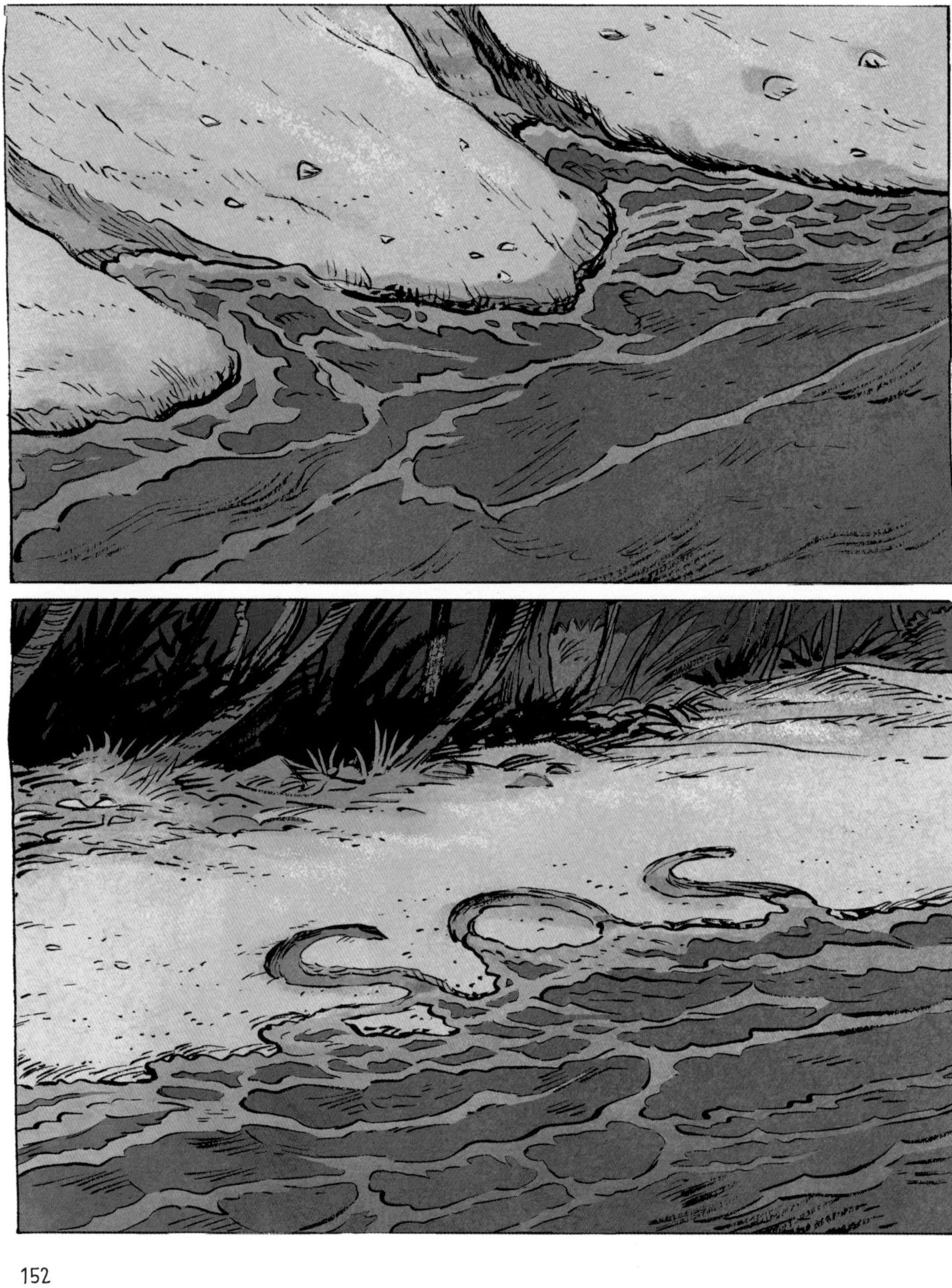

빛을 내는 것이라고는 별들뿐인 암흑이었다.

어른들의 세계로부터 신호 하나가
내려왔지만, 그 시각에 깨어 있어
그걸 알아차린 아이는 없었다.

바위와 붉은 돌들 너머에서 푸른 꽃들을 훑으며 불어온 바람이 천천히 아래로 떨어지고 있는 그 형체를 이리저리 휙휙 잡아챘다…

산봉우리의 조각난 바윗돌들 가운데 웅크린 자세로 내려앉을 때까지.

낙하산 줄에 바람이 들면 줄은 팽팽히 당겨졌고, 그러다 우연찮게 머리와 상반신까지 꼿꼿이 일으켜 세워지기도 했다.

그럴 때 그는 흡사 건너편 산마루를 응시하는 듯 보였다.

다들 알다시피, 놈이 진짜 야수라면 나무에서 나무로 날아다닐 수도 있습니다. 그러니까 우린 생각을 해야 합니다.

이 섬에서 사냥단이 안 가본 데가 있습니까?

딱 한 군데… 섬의 맨 끝단. 돌무더기 다리 건너편, 바위들이 높이 쌓인 곳.

거기가 놈의 서식지일 수 있어.

좋아.

그곳을 살펴보러 가자.

아침을 먹고 랠프와 큰 애들은 해변을 따라 출정했다.

행렬의 후미를 따라가면서 랠프는 잠시나마 책임을 내려놓게 된 데에 감사했다.

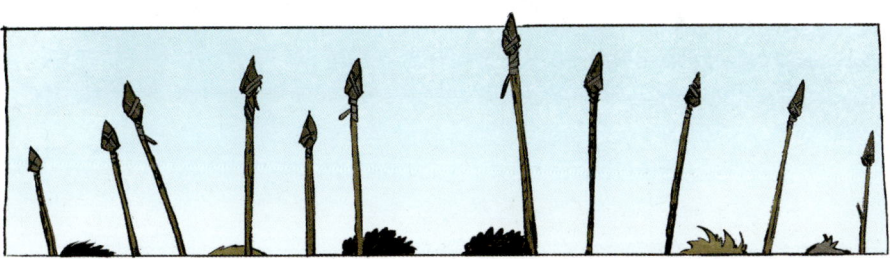

설령 앞으로 나아가지 않아도 된다 한들, 그곳에는 숨을 구석이라곤 없었다. 그는 좁은 길목에서 잠시 걸음을 멈추고 아래를 굽어보았다.

머지않아, 몇 세기 이내에, 바다는 이 성곽을 섬으로 만들어 버릴 것이다.

랠프는 몸서리를 쳤다.

이제 그는 육지인의 시선으로 조수(潮水)의 움직임을 바라보았다. 조류는 어떤 거대한 생명체의 들숨과 날숨 같았다. 바닷물이 숲의 우듬지를 훑는 바람처럼 속삭이며, 멀리 더 멀리 흘러 나갔다.

파도의 주기에 대한 감각이 흐려졌다. 그저 분 단위로 솟구치고 가라앉고 다시 솟구치는 물살뿐이었다.

7장

어두운 그늘, 키 큰 나무

넌 고향집에 돌아가게 될 거야.

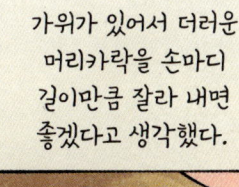

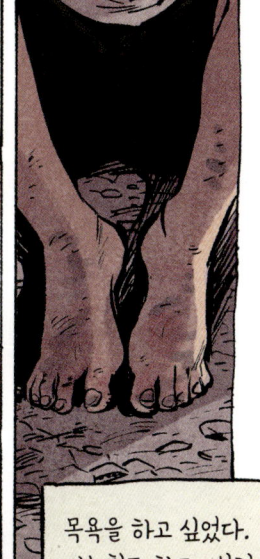

머리카락은 너무 길었고, 여기저기 엉켜서, 낙엽이나
잔가지가 매듭진 채로 매달려 있기도 했다.

음식을 먹고 땀을 흘리고 하는 동안에 얼굴은 제법
깨끗이 닦였지만, 손이 덜 가는 부분들은 거무스름하게
얼룩져 있었다.

닳아 버린 옷은 뻣뻣했고

소금물에 절은 살갗에선 비듬이 날렸다.

이런 상태를 이제는 일상으로 받아들이고 있으며, 별로
개의치도 않는다는 사실을 자각한 그는…

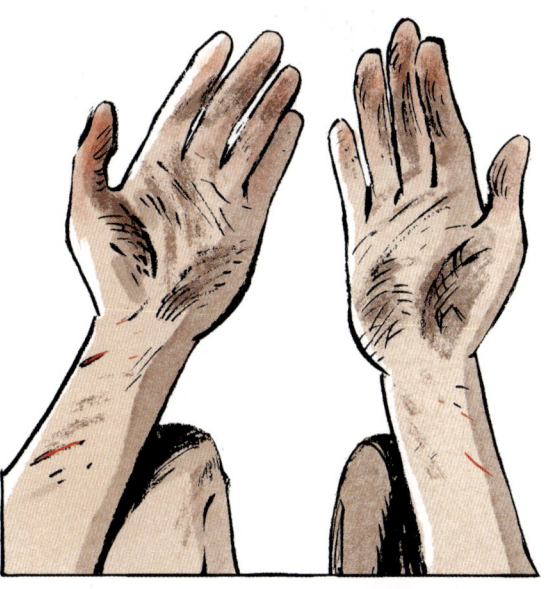

...가슴이 조금 무너졌다.

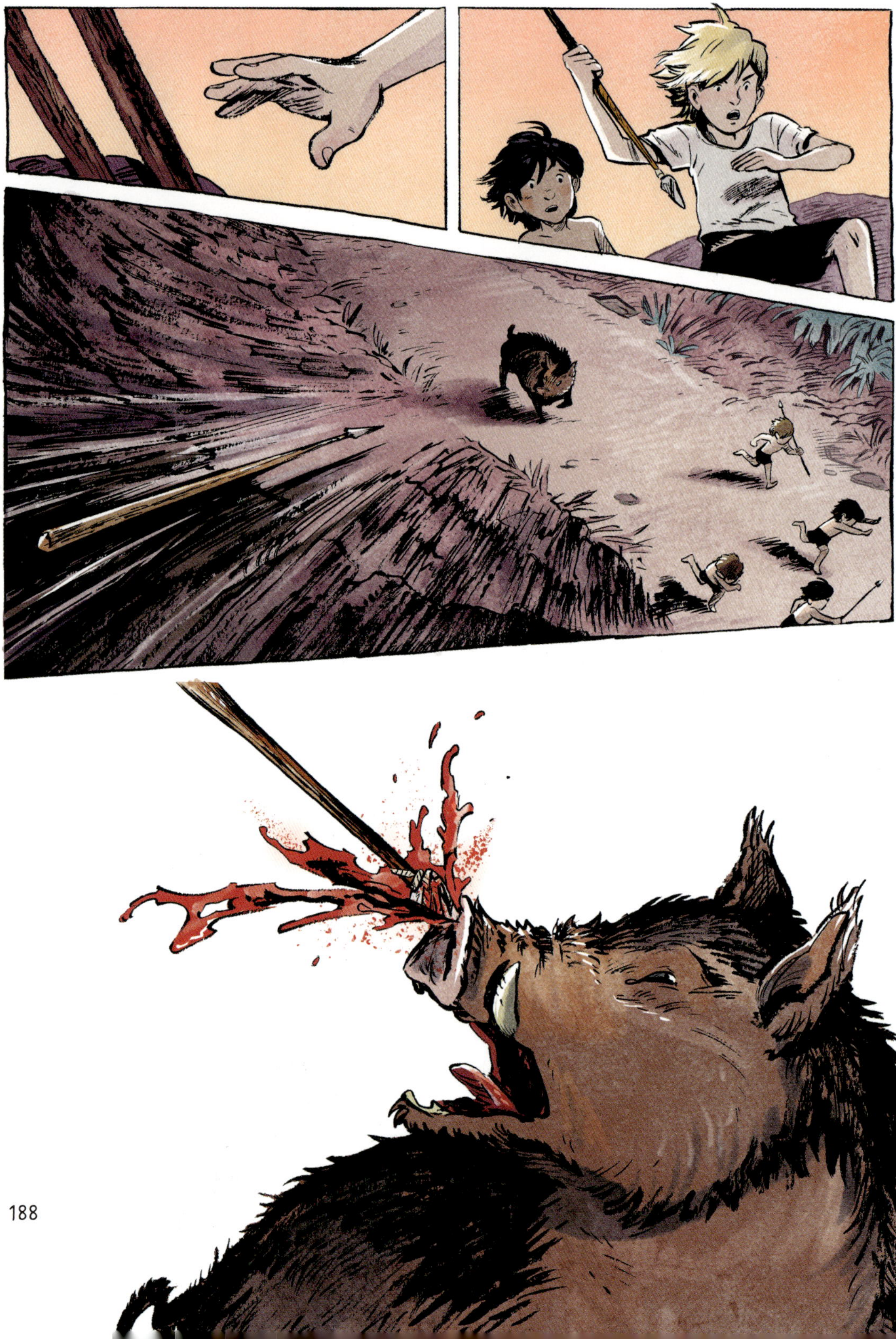

8장

어둠에게 바친 선물

섬에서 지낸 이래 처음으로 뚱보는 알이 한쪽뿐인 안경을 스스로 벗어서는 무릎을 꿇고 햇볕의 초점을 불쏘시개에 맞췄다.

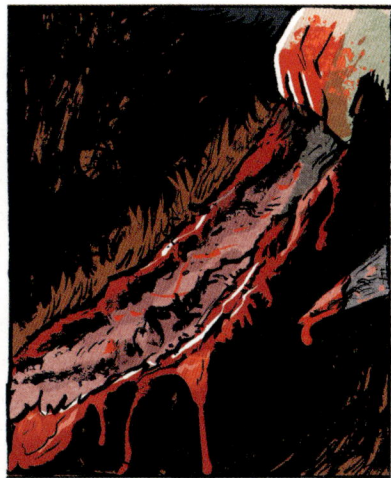

너희들은 모두 들어라.

9장

죽음의 한 장면

산에서는 온종일 달궈진 공기가 기류를 형성하며 꾸준히 피어올라 1만 피트 상공까지 치솟았다. 가스층이 회오리치며 정전기가 축적돼 대기는 폭발 직전이었다.

해가 저문 초저녁, 밝은 일광(日光)은 사라지고 번뜩이는 황동빛이 사위를 물들였다. 대양에서 밀려드는 공기마저 후텁지근해 상쾌함이라곤 느낄 수 없었다.

바닷물과 나무들과 바위의 핑크빛 표면은 모두 제 빛을 잃었고, 흰색과 다갈색 구름들이 무겁게 내려앉았다.

자신들의 대왕을 새까맣게 뒤덮어, 쏟아진 내장들을 반짝이는 석탄 더미처럼 보이게 만드는 파리 떼만이 번성하고 있었다.

사이먼의 콧속 혈관이 터져 피가 흘렀지만, 돼지가 풍기는 강렬한

악취에 끌린 놈들은 그에게 몰려들지 않았다.

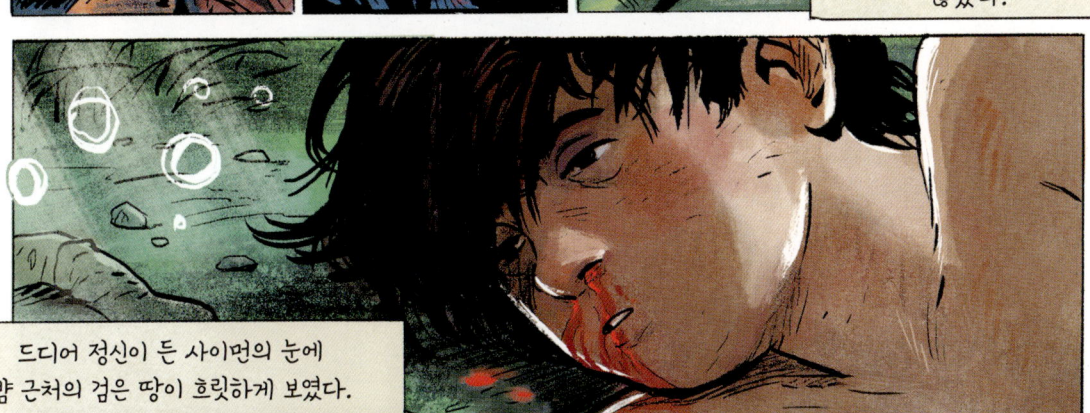

드디어 정신이 든 사이먼의 눈에 뺨 근처의 검은 땅이 흐릿하게 보였다.

구릿빛 하늘 아래, 시야가 탁 트인 암반 지대에 올라와 있음을 자각했을 때, 돌풍이 불었다. 사이먼은 흔들렸다.

그리고 바람이 산봉우리까지 훑어 올라간 순간, 그는 목격했다…

갈색 구름 너머로, 파란 물체가 훅 일어나는 광경을.

사이먼은 자기 무릎이 바위에 부딪히는 걸 느꼈다.
그는 기다시피 앞으로 나아갔고, 곧 전말을 파악했다.

그것은 엉킨 줄들이 조작하는
흉측한 장난이었다.

사이먼은 백골이 드러난 코를 살펴보았다. 고무와
캔버스 천으로 뒤덮이는 바람에 그 가련한 시신은 썩어
없어지지 못하고 있었다. 그때 다시 바람이 불어왔고,

그러자 시신이 일으켜 세워졌다 도로 숙어지면서
사이먼 쪽으로 부패한 숨결을 토해 냈다.

사이먼은 몸을 돌려 해변을 굽어보았다.
판판한 바위 옆에 피웠던 불은 벌써 꺼진 듯했다. 해변을 따라 멀찍이, 작은 개울과 커다란 돌무더기들 너머로, 가는 연기 한 줄이 느릿느릿 하늘을 향해 피어오르고 있었다.

이렇게 멀리서도 대부분의 아이들이, 아마 거의 모두가, 그곳에 모여 있는 게 보였다.

야수는 무해한 것이었다. 그저 역겨울 뿐. 이 소식을 얼른 아이들에게 알려야 했다.

10장

고둥과 안경

내가 사냥꾼 몇 명 데리고 가서 고기를 찾아오겠다. 수비대는 진입로를 잘 감시해. 누가 몰래 숨어들지 않도록.

놈들은 우리 일에 훼방을 놓으려 들 거다. 진입로 경비들은 정신 똑바로 차려라.

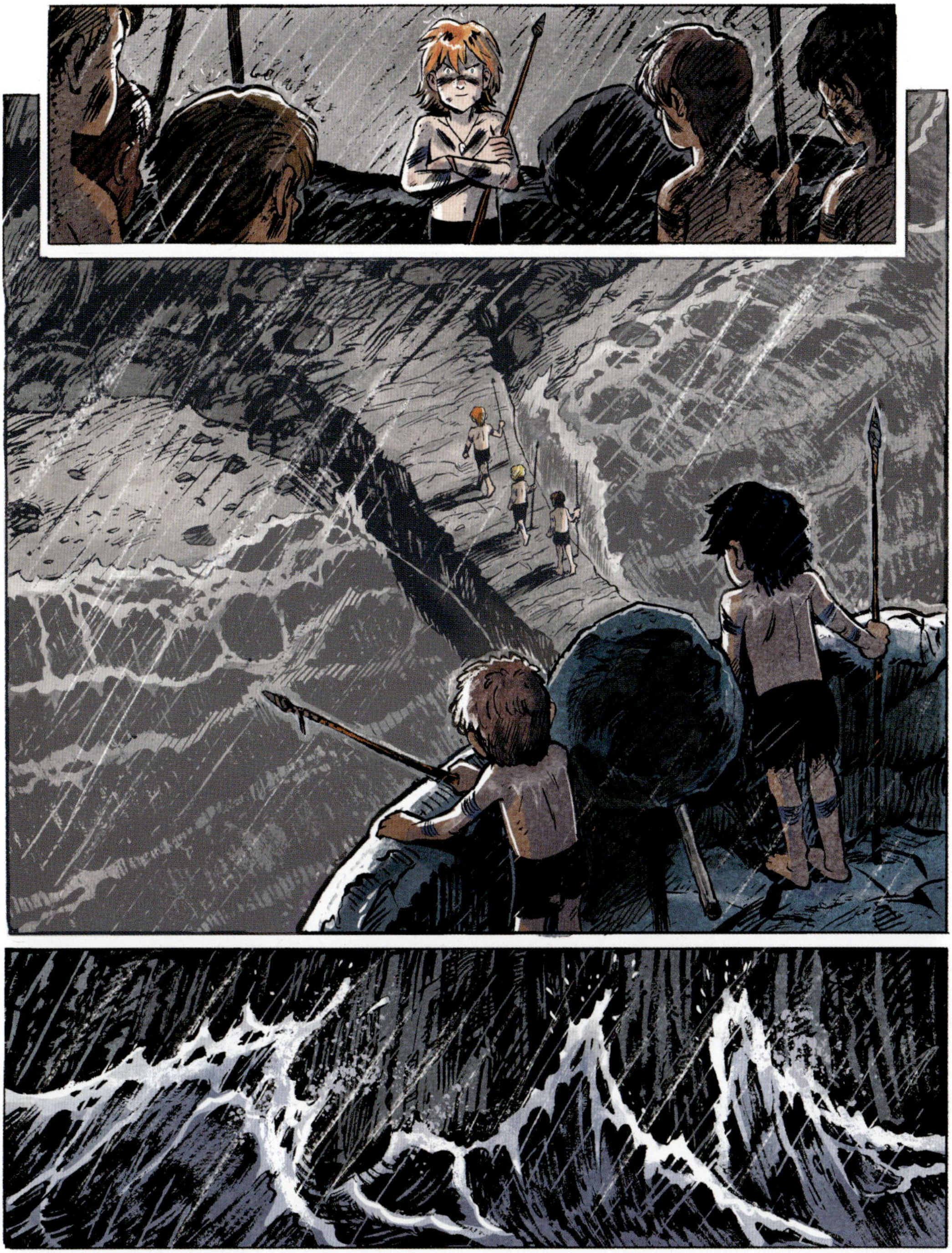

뚱보야, 너 다쳤니?

심하진 않아.

11장

요새바위

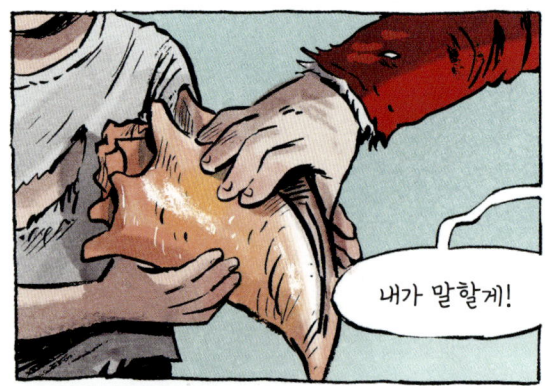

뚱보는, 외마디 말도 없이,
한 번 끙끙댈 새도 없이,
절벽에서 붕 떠올랐고,
허공을 가르며 떨어지는 동안
몸이 아래로 뒤집혔다.

랠프는 돌아서서…

…계속 달렸다.

12장

사냥단의 포효

파괴된 고둥, 그리고 뚱보와 사이먼의 죽음이 수증기처럼 섬을 뒤덮고 떠돌았다.

최선의 방책은 다시 시도해 보는 것이었다. 그러나 불도 연기도 없었다. 구조는 요원했다.

랠프는 절룩거리면서 숲을 통과해 잭의 영역인 섬 끝으로 향했다.

얼마나 갔을까, 그는 숲속 빈터에 다다랐다. 바위들 때문에 식물이 번성하지 못하는 곳이었다.

싱글거리듯 이빨을 드러낸 그 텅 빈 구멍은 지배자처럼 당당하고 손쉽게 그의 눈길을 사로잡았다.

그건 뭐였을까?

그 머리뼈는 모든 답을 알면서도 말해 주지는 않는 존재의 눈길로 랠프를 주시했다.

역겨운 공포와 분노가 그를 휩쓸었다.

그는 머리뼈에서 눈을 떼지 않은 채로 뒷걸음질 쳤다.
땅에 떨어진 그것은…

...이제 하늘을 향해 웃고 있었다.

섬 소년들 중에 저렇게 말하고 움직이는 아이는 둘뿐이었다.

쌍둥이 샘과 에릭도 이제 부족의 일원이었다.

잠에서 깬 그는 미처 눈을 뜨기도 전부터 가까이에서 일어나는 소음을 듣고 있었다.

되풀이되던 추락과 죽음의 악몽은 지나갔고, 다시 아침이 찾아왔음을 깨달을 때까지는 약간의 시간이 필요했다. 그때 다시 소리가 들려왔다.

우우우우우우우우 우우우우우우우

> 비틀거리며 일어선 그는 더욱 끔찍한 것에 대한 두려움으로 굳어져…

거대한 제복 모자를
올려다보았다.

우와야야야야야야야야야야야야야야야

지저분한 몸뚱이와 엉킨 머리칼에다 콧물까지 줄줄 흘리는 아이들 속에서, 랠프는 뚱보라 불렸던 지혜로운 친구와, 진실의 창공으로부터의 추락, 인간의 마음속 어둠, 그리고 순수의 끝을 애통해하며 울었다.

작가의 말

독자 여러분께,

『파리대왕: 그래픽 노블』을 읽어 주셔서 감사합니다. 윌리엄 골딩의 고전 『파리대왕』이 끼친 영향에 관해서라면 정말 많은 말을 할 수 있을 테고, 이미 다수의 학자와 연구자 들이 수없이 이야기를 했습니다. 반면에, 저는 역사가도 아니고 문학 전문가도 전혀 아닙니다. 그저 이 책이 저에게는 개인적으로 무척 큰 의미를 지녔고, 평생 동안 팬이었다는 말씀을 드릴 수 있을 뿐입니다. 학창 시절, 영어 수업 시간에 『파리대왕』을 처음 읽었을 때, 저는 숨이 막혔습니다. 십 대였던 그때, 해맑은 유년기와 독립된 성인의 중간에 걸쳐 있던 그 시기에, 이 소설이 저의 내면이 겪고 있던 것들을 거울처럼 비춰 주었던 듯합니다.

최초로 제작되는 『파리대왕: 그래픽 노블』의 아티스트로 선정된 것은 엄청난 영광이었지만, 동시에 제가 이제껏 해 온 그 어떤 작업보다도 두려운 일이었습니다. 그럼에도 이 소설이 꾸준히 다시 이야기되어야 한다는 생각만은 분명했습니다. 저는 전쟁과 억류 같은, 생명의 위협을 피해 온 사람들을 압니다. 심지어 제 가족들 중에도 있습니다. 너무도 자주, 저에게 한 가지 질문이 되풀이됩니다. 우리가 공들여 이룩해 낸 문명의 질서는 언제 무너지는가, 그리고 무엇보다, 그런 것이 과연 있긴 했던가? 제 생각에, 『파리대왕』만큼 탁월하게 이 물음을 탐구한 책은 찾아볼 수 없습니다.

이번 그래픽 노블 작업에 임하며 제가 세운 목표는 단순히 소설의 일러스트 버전이 아니었습니다. 그보다는 그래픽 노블이라는 포맷이 가장 잘할 수 있는 일, 즉 구성, 색채, 분위기 등을 통해 의미를 새롭게 하는 데 애썼습니다. 영어 판 『파리대왕』을 읽어 본 독자라면 금세 알아차릴 텐데, 이 책에 쓰인 모든 대사와 지문은 원작에서 따 온 것입니다. 이처럼 원작 텍스트를 그대로 적용함으로써, 저는 존경심을 가지고 작품을 재구성하면서도, 아름답게 짜인 골딩의 문장을 온전히 전할 수 있었습니다. 그렇게 해도 이 이야기를 제 나름의 방식으로 풀어 갈 여지는 충분했습니다.

여러분이 저의 초기 스케치들과 드로잉 발전 과정을 엿보실 수 있도록, 다음 페이지에 그림 몇 장을 실어 두었습니다.

이 그래픽 노블을 선택해 준 독자께 다시 한번 감사합니다. 제 책을 통해 더 많은 새로운 독자가 『파리대왕』을 접하게 되길 희망합니다. 저는 인류가 스스로의 비범함을 증명해 보이는 동시에 슬픈 진실을 만들어 내며 생존해 있는 한, 『파리대왕』은 바로 그런 것에 관한 이야기로서 오랫동안 살아남으리라고 확신합니다.

2024년 1월
아메 데용

초기 스케치
뚱보가 바위로 추락하는 장면

초기 인물 구상
섬 생활 초반과 후반의 소년들 모습

초기 장면 구상
스케치 수채화

돼지를 사냥하는 잭

윌리엄 골딩(William Golding)

1911년 영국 콘월에서 태어났다. 말버러 그래머스쿨과 옥스퍼드 대학교 브래스노스 칼리지를 졸업했다. 작가가 되기 전까지 배우, 소형 선박의 선원, 클래식 연주자, 학교 선생님 등으로 일했다. 1940년 영국 해군에 입대, 이후 2차 세계 대전이 발발하자 노르망디 상륙작전, 네덜란드 해방작전 등에 참전했다.『파리대왕』은 골딩의 첫 소설로, 여러 출판사에서 거절당했으나 파버 출판사의 퇴짜 원고 더미에서 발굴돼 1954년 출판에 이르렀다. 오늘날 손꼽히는 모던 클래식으로 수백만 부가 팔렸고, 1963년 피터 브룩 감독에 의해 영화화되었으며, 44개 언어로 번역되었다. 골딩은『파리대왕』외에『피라미드』,『상속자들』,『핀처 마틴』등 11편의 장편 소설, 1편의 희곡, 2편의 산문집을 펴냈다. 1980년『통과의례』로 부커상을 수상했고, 1983년 노벨 문학상을 수상했다. 1988년 기사 작위를 받았다. 생애의 대부분 기간을 솔즈베리 인근 월트셔에 살다가, 1985년 아내와 함께 고향 콘월로 돌아왔다. 1993년, 자택에서 세상을 떴다.

아메 데용(Aimée de Jongh)

1988년 네덜란드 남부, 발베이크에서 태어났다. 윌렘 드 쿠닝 예술학교에서 애니메이션을 공부했다. 데뷔작『벌매의 귀환(The Return of the Honey Buzzard)』으로 생미셸상을 수상했고, 이후 영화로도 제작되었다. 현대 사회의 인간관계 문제를 강렬한 그림과 통렬한 이야기로 묘사한 데용의 책들은 비평가 다수의 찬사와 더불어, 프랑스, 미국, 일본 등에서 상을 받았다. 만화계의 오스카로 일컬어지는 아이즈너상 후보에 꾸준히 지명되고 있다. 그래픽 노블 작품으로『가을에 꽃피다(Blossoms in Autumn)』,『택시!(TAXI!)』,『예순 살의 겨울(Sixty Years in Winter)』등이 있으며, 특히『모래의 날들(Days of Sand)』로 많은 사랑을 받았다. 로테르담에 살면서 만화를 그리고 있으며, 애니메이터, 교사, 일러스트레이터로도 활동하고 있다.

원작 윌리엄 골딩, 1954
각색 및 그림 아메 데용, 2024

편집 앵거스 카길
채색 보조 대니얼 드 라 크루즈 디아즈 발데스, 케니 루베니스
레이아웃 보조 보 대니크 블롬, 밥 브루인

감사의 말

윌리엄 골딩 재단, 주디, 닉, 엘리너, 앵거스 그리고 파버 출판사의 믿음직스러운 팀에게 고마운 마음을 전합니다. 꼭 필요한 도움을 아낌없이 주었던 일레인, 대니얼, 케니, 보 대니크에게 고맙습니다. 학창 시절 저에게 책을 읽게 하신 부모님, 언제나 여러모로 저를 보살펴 주는 내 동생 리사, 내 삶에 있어 주고 늘 무엇이든 도와주는 밥에게 고맙습니다. 2013년, 신뢰를 되찾게 해 준 마라에게 감사합니다. 랠프, 잭, 똥보, 사이먼, 그리고 누구보다도 윌리엄 제럴드 골딩 경께 감사드립니다.

옮긴이의 말

낙원이고 지옥인 이 세계의 우리들

무궁무진한 가능성을 시험해 보는 것은 미성년기의 특권이다. 장차 무엇이든 될 수 있고 얼마든지 새로워질 수 있기에, 아이들은 한 사회의 '희망'으로 여겨진다. 그러나 이러한 낙관적 전망에는 치명적 오류가 있다. '가능성'은 좋은 쪽으로건 나쁜 쪽으로건 열려 있는 상태라는 점에서만 긍정적이다. 형성되어 가는 과정 중에 있는 존재는 어떤 조건에서 무엇을 경험하고 무엇으로부터 영향받느냐에 따라 성숙하고 바람직한 성년에 이를 수도 있지만, 상처를 내면화한 악인이나 무도한 범죄자가 될 수도 있다. 다른 한편, 인간성이 전적으로 양육과 환경에 의해 만들어지는 것이라면, 저 아득한 고대로부터 현대 문명 세계에 이르기까지, 시대와 지역을 가리지 않고 끈질기게 발현되어 온 인간 본성의 어둡고 부조리한 측면들은 어떻게 설명할 수 있을까.

비행기 추락 사고로 태평양 한가운데 위치한 산호섬에 불시착한 십 대들의 생존 투쟁을 다룬 『파리대왕』은 얼핏 서양 문학에서 오랜 전통을 가진 모험 소설류로 보인다. 대니얼 디포의 『로빈슨 크루소』(1719), 로버트 루이스 스티븐슨의 『보물섬』(1883), 마크 트웨인의 『허클베리 핀의 모험』(1885), '15소년 표류기'라는 제목으로 널리 알려진 쥘 베른의 『2년 동안의 여름 방학』(1889) 등은 호기심과 도전 정신을 자극하는 이야기로 수 세대에 걸쳐 많은 사랑을 받았다. 모험 소설의 주인공들은 우연한 계기로 낯선 곳에 고립되어 갖가지 위기와 난관에 부닥치지만, 타고난 기지와 절묘한 행운으로 고난을 이겨 낸 끝에 무사히 집으로 돌아온다. 이런 모험은 일상으로부터의 일시적 일탈이고, 자유와 활극을 꿈꾸는 소년기 특유의 낭만적 몽상에 부응한다. 그리고 대개의 모험 소설은 아무리 길고 복잡한 서사라도, 궁극적으로는 권선징악이 실현되는 결말을 보여 줌으로써 교훈적 우화가 된다.

『파리대왕』은 이러한 규칙을 따르지 않는다. 갑작스럽게 "어른들 없는 세상"에 팽개쳐진 소년들은 지도자를 선출하고 역할을 분담해 집을 짓고 사냥을 하는 등, 한동안은 무인도의 거친 환경에 제법 잘 적응하는 듯 보인다. 그러나 산정에 불을 피우고 꺼뜨리지 않는 일이 최우선이라고 주장하는 랠프와, 멧돼지를 사냥해 고기를 먹는 일에만 몰두하는 잭이 충돌하면서 소년들이 일궈 낸 조그만 사회 시스템에 균열이 생겨난다. 이성적 사고를 상징하는 랠프가 문명 세계로의 귀환, 즉 구조되기를 간절히 바라는 것과 달리, 잭은 규제 없는 이 야생의 자유가 만족스럽다. 그는 과거의 세계를 그리워하지도 아쉬워하지도 않는데, 기존(既存)의 질서가 부재하는 자연 상태가 그에게는 무소불위의 권력을 휘두를 새로운 기회이기 때문이다.

『파리대왕』의 문학적 탁월함은, 랠프와 잭의 대결 구도에 대해 독자가 어느 한쪽을 일방적으로 편들기 어렵게 쓰였다는 데 있다. 자신의 신념에 매몰된 지도자 랠프는 구성원들의 긴급하고 자연스러운 욕망들을 외면하고, 지식인을 암시하는 뚱보는 이상적이지만 비현실적인 '바른말'에 집착한다. 선지자 혹은 철학자인 사이먼은 폭민(暴民)으로 돌변한 대중을 설득할 어떠한 전략도 없이 '불편한 진실'을 폭로함으로써 희생양이 되고 만다. 반면 잭은 생존 투쟁에 필요한 공격성을 본능적으로 체득하고, 영리하게 무리를 선동한다. 영국 철학자 홉스가 『리바이어던』에 쓴 대로, 인간의 자연 상태가 '만인의 만인에 대한 투쟁'이라면, 잭은 그러한 자연 상태에 최적화된 우두머리다. 그런데 어쭙잖은 합리주의자 랠프가 리더가 되어 모두의 즐거움을 억압하고, 따분하고 힘든 노동만 강요한다면, 이런 무능한 지도자는 퇴출되어야 마땅하지 않은가.

*

이야기가 해피 엔딩이기를 바라는 마음은 인간적이다. 독자는 허구의 인물들에게 자기 자신을 투영하므로 선인과 악인을 구분 짓고 싶고, 불의를 응징하고 정의가 실현되기를 바라 마지않는다. 그러나 교육과 문명으로 제어해 온 인간 내면의 야수성이 원시의 자연 속에서 집단적 광기로 폭발하는 과정을 묘사하는 『파리대왕』의 메시지는 명확하다. 물질적 토대 위에서 생존하고 번성해 나가는 인간에게 동물과 구분되는 인간만의 특질이 있다는 믿음은 한 꺼풀의 가면, 즉 '위장칠'만으로도 금세 휘발되는 한낱 관념일 뿐이다. 인간은 누구나 때에 따라 악행을 저지를 수 있고, 또 누구에게나 일말의 선량함, 선행의 가능성이 있다. 우리가 각자의 이해와 필요에 따라 행동하는 한, 모든 사안에서 참과 거짓, 선과 악의 경계는 모호하다.

윌리엄 골딩은 인간성을 왜 이토록 암울하고 비관적으로 묘사했을까. 십 대 때부터 시를 썼던 골딩은 옥스퍼드 대학교를 졸업한 직후인 1934년에 『시집(Poems)』으로 데뷔했다. 여러 직업을 전전하며 생계를 이어 가다 2차 세계 대전이 발발하자 1940년 해군에 입대해 전장을 누볐다. 『파리대왕』은 참전 용사였던 골딩이 종전(終戰) 후 교사 생활을 하면서 쓴 첫 소설이다. 또한 골딩이 노벨 문학상을 수상한 1983년은 세계가 자유주의와 공산주의로 양분되어 핵무기 경쟁을 벌이던 냉전 시대였다.

이러한 시대상은 명시적이진 않지만, 작품 전반에 음울한 그림자를 드리운다. 소년들이 타고 있던 비행기는 불의의 사고로 추락한 것이 아니라 피격되었다. 기체가 반으로 동강났고, 아이들 중 일부는 절반의 비행기와 함께 폭발해 버렸다. 뚱보의 말속에 담긴 '원자 폭탄'에 대한 암시, 하늘에서 떨어진 '야수'가 군복 차림인 것 등이 이러한 추정에 근거를 제공한다. 무엇보다 마지막 장면에서 소년들을 구하러 온 배가 일반 여객선이나 화물선이 아니라 대포로 무장한 초대형 군함인 순양함이라는 점에 주목한다면, 무인도 바깥의 세상은 여전히 전쟁 중일지 모른다. 그리고 어쩌면 구출된 소년들의 미래도 '마침내 안전한 집으로 돌아가는 결말'이 아닐 수 있다.

『파리대왕』은 전쟁의 참상을 매일 목도해야 했던 골딩의 인간 체험이 진하게 녹아 있는 작품이다. 아군과 적군은 전쟁의 이데올로기일 뿐, 참혹함이나 잔인성에 있어서는 피아의 구분이 무의미하다. 그래서 이 무정한 디스토피아 소설은 독자에게 무엇을 말하려 하는가. 반성적 자아 성찰은 도덕군자연하는 위선이어선 안 된다. 우리는 랠프와 뚱보와 사이먼의 승리를 응원하는 것뿐만 아니라, 잭을 비난하고 싶은 마음을 멈추고 자기 내면의 어둠을 직시해야 한다. 소년들의 실패를 통해 독자는 비록 인간이 지구상에 유토피아를 건설하지는 못할지언정, 파괴적 종말을 향해 가속 페달을 밟지는 말아야 한다는 서늘한 깨달음을 얻는다.

*

골딩의 『파리대왕』은 운(韻)을 맞춘 어휘들이 경제적으로 선택되어, 간결하면서도 리드미컬한 문장으로 유명하다. 당장 1장의 제목 'Sound of Seashell'부터 's' 음의 반복을 통해 시적 정취를 이뤄 내는데, 이것을 '소라고둥의 소리'라고 번역하기만 해도 영어의 고유한 멜로디는 사라진다. 또한 골딩의 상징적이고 다의적인 문체는 폭넓은 해석의 영역을 독자에게 넘겨준다. 그래서 이를 특정 우리말로 고정하는 순간, 모호함이 줄어드는 만큼 해석의 자유에도 제약이 생긴다. 가령, '사냥단의 포효'로 옮긴 12장 제목 'Cry of the Hunters'에서 'cry'는 사냥단이 랠프를 쫓는 동안 지르는 '함성' 을 가리키는 동시에, 구조의 희망이 실현된 순간 소년들이 터뜨리는 '울음'이기도 하다. 시에 가까운 이런 문체는 소설 속 상황의 폭력성과 대비되어 더욱 처연한 인상을 자아낸다.

아메 데용의 『파리대왕: 그래픽 노블』은 원작 소설의 묵시록적인 분위기를 서정적인 수채화 이미지로 탁월하게 치환해 낸다. 감정을 억제한 원작의 건조함은 문학적 감수성이 뛰어난 그래픽 아티스트의 시각화를 통해 중화되고, 독자가 이 작품의 핵심에 쉽게 이르도록 상상의 재료를 풍부히 제공한다. 이 책의 소년들은 더 아이들답고, 그래서 더 모두가 가엾다. 그리고 데용이 작가의 말에 썼듯이, 『파리대왕: 그래픽 노블』의 대사와 지문은 모두 원작에서 따 왔다.

처음에 이것을 깨닫고 나는 무척 놀랐다. 이런 작업 방식은 그저 줄거리가 같을 뿐 완전히 다른 작품을 창작하는 리메이크에 비해 훨씬 까다롭고, 섬세한 주의를 기울여야 하기 때문이다. 그런데 원작 서사를 압축하고 각색한 솜씨뿐만 아니라, 원작의 문장들을 적재적소에 배치한 데용의 안목은 감탄스러웠다. 그 덕분에 데용의 작품은 원작에 거의 근접하면서도, 원작의 감응력은 한결 강화한 그래픽 노블이 되었다. 그렇지만 한국어 번역자인 나에게 이것은 두 배의 고민거리를 안겨 주었다. 원작의 시적 문체를 한국어로 옮기는 것만도 여의치 않은데, 작은 말풍선 안에 골딩의 문장들을 절묘하게 담아 낸 데용의 감각까지 살리자니 자꾸만 갈팡질팡하게 됐다. 여러 가지로 시도해 보았으나, 아무래도 이 책의 번역은 아메 데용이 재편집한 문장들이 만들어 내는, 조금은 더 밝고 푸른 색채를 전하는 쪽으로 기울어질 수밖에 없었다.

*

『파리대왕』은 분량이 길지도 내용이 현학적이지도 않다. 20세기 이후 영미 문학의 대표작 중 하나로 전 세계에서 읽히는 모던 클래식이라는 명성에 비해, 어찌 보면 꽤 단순한 줄거리다. 하지만 나는 이 작품을 읽을 때마다 어김없이 마음이 몹시 무거워진다. 이 소설이 세계와 사람들을 깔끔하게 이분법으로 나누고, 그중 밝은 쪽에 서 있는 일이 얼마나 손쉬운 자기기만인지를 뼈아프게 지적하기 때문이다.

생명의 위협 앞에서 신념은 자주 허약하게 무너지고 만다. 용기는 도전이기보다 무모함일 때가 더 많다. 생존 투쟁은 야생에서 살아남기 위한 진화적 필연이라지만, 잡식성 영장류인 인간의 본성에는 폭력에서 쾌감을 느끼는 호전성 또한 내재해 있는지 모른다. 사유하는 사람은 야만의 전쟁 상태에 적응하지 못하므로 필패할 것이다. 이것이 참이라면, 인간이 발전시켜 온 지식과 제도와 문명 체계는 약육강식의 동물적 습성을 끝내 극복하지 못할 것이다.

그러나 문명의 종말을 저지하는 일은 여러 가능성 중 하나를 고르는 문제가 아니다. 인류는 지구라는 섬에 고립되어 있다. 우리가 환경, 인구, 자원 등을 둘러싼 갈등을 해소할 합리적이고 효율적인 방안을 고민하고 있을 때, 다른 누군가는 싸움을 걸어 오고, 분란을 조장하거나 아예 전쟁을 일으키기도 한다. 이 딜레마적 현실이 『파리대왕』의 소년들이 처한 상황이다. 하지만 생존의 터전마저 파괴해 버리는 극단적 대결이 우리의 선택지가 될 순 없다. 유일한 식량 공급원인 숲을 통째로 불태우면서까지 랠프를 추격하는 잭과 사냥단의 어리석음은 멸망을 재촉할 뿐이다. 소설과 달리 현실에서는 압도적 능력을 가진 존재가 우리를 구원하러 극적인 타이밍에 도착할 리 없기 때문이다.

우리가 '적'이라고 믿는 것들을 없앨 수도, 피할 수도, 설득할 수도 없다면, 우리는 과연 무엇을 할 수 있을까. 『파리대왕』은 바로 그것, 우리의 할 일을 생각해 보기를 요청한다. 이곳이 아직 안전한 장소일 때, 정말로 진지하게 위기를 성찰해야 한다고 경종을 울리는 것이다. 우리는 암흑의 절벽 아래로 추락하지 않도록 스스로를 구원해야 한다.

2024년 마지막 여름날
이수은

*

『파리대왕』은 분량이 길지도 내용이 현학적이지도 않다. 20세기 이후 영미 문학의 대표작 중 하나로 전 세계에서 읽히는 모던 클래식이라는 명성에 비해, 어찌 보면 꽤 단순한 줄거리다. 하지만 나는 이 작품을 읽을 때마다 어김없이 마음이 몹시 무거워진다. 이 소설이 세계와 사람들을 깔끔하게 이분법으로 나누고, 그중 밝은 쪽에 서 있는 일이 얼마나 손쉬운 자기기만인지를 뼈아프게 지적하기 때문이다.

생명의 위협 앞에서 신념은 자주 허약하게 무너지고 만다. 용기는 도전이기보다 무모함일 때가 더 많다. 생존 투쟁은 야생에서 살아남기 위한 진화적 필연이라지만, 잡식성 영장류인 인간의 본성에는 폭력에서 쾌감을 느끼는 호전성 또한 내재해 있는지 모른다. 사유하는 사람은 야만의 전쟁 상태에 적응하지 못하므로 필패할 것이다. 이것이 참이라면, 인간이 발전시켜 온 지식과 제도와 문명 체계는 약육강식의 동물적 습성을 끝내 극복하지 못할 것이다.

그러나 문명의 종말을 저지하는 일은 여러 가능성 중 하나를 고르는 문제가 아니다. 인류는 지구라는 섬에 고립되어 있다. 우리가 환경, 인구, 자원 등을 둘러싼 갈등을 해소할 합리적이고 효율적인 방안을 고민하고 있을 때, 다른 누군가는 싸움을 걸어 오고, 분란을 조장하거나 아예 전쟁을 일으키기도 한다. 이 딜레마적 현실이『파리대왕』의 소년들이 처한 상황이다. 하지만 생존의 터전마저 파괴해 버리는 극단적 대결이 우리의 선택지가 될 순 없다. 유일한 식량 공급원인 숲을 통째로 불태우면서까지 랠프를 추격하는 잭과 사냥단의 어리석음은 멸망을 재촉할 뿐이다. 소설과 달리 현실에서는 압도적 능력을 가진 존재가 우리를 구원하러 극적인 타이밍에 도착할 리 없기 때문이다.

우리가 '적'이라고 믿는 것들을 없앨 수도, 피할 수도, 설득할 수도 없다면, 우리는 과연 무엇을 할 수 있을까.『파리대왕』은 바로 그것, 우리의 할 일을 생각해 보기를 요청한다. 이곳이 아직 안전한 장소일 때, 정말로 진지하게 위기를 성찰해야 한다고 경종을 울리는 것이다. 우리는 암흑의 절벽 아래로 추락하지 않도록 스스로를 구원해야 한다.

2024년 마지막 여름날
이수은

『파리대왕』은 전쟁의 참상을 매일 목도해야 했던 골딩의 인간 체험이 진하게 녹아 있는 작품이다. 아군과 적군은 전쟁의 이데올로기일 뿐, 참혹함이나 잔인성에 있어서는 피아의 구분이 무의미하다. 그래서 이 무정한 디스토피아 소설은 독자에게 무엇을 말하려 하는가. 반성적 자아 성찰은 도덕군자연하는 위선이어선 안 된다. 우리는 랠프와 뚱보와 사이먼의 승리를 응원하는 것뿐만 아니라, 잭을 비난하고 싶은 마음을 멈추고 자기 내면의 어둠을 직시해야 한다. 소년들의 실패를 통해 독자는 비록 인간이 지구상에 유토피아를 건설하지는 못할지언정, 파괴적 종말을 향해 가속 페달을 밟지는 말아야 한다는 서늘한 깨달음을 얻는다.

*

　　골딩의 『파리대왕』은 운(韻)을 맞춘 어휘들이 경제적으로 선택되어, 간결하면서도 리드미컬한 문장으로 유명하다. 당장 1장의 제목 'Sound of Seashell'부터 's' 음의 반복을 통해 시적 정취를 이뤄 내는데, 이것을 '소라고둥의 소리'라고 번역하기만 해도 영어의 고유한 멜로디는 사라진다. 또한 골딩의 상징적이고 다의적인 문체는 폭넓은 해석의 영역을 독자에게 넘겨준다. 그래서 이를 특정 우리말로 고정하는 순간, 모호함이 줄어드는 만큼 해석의 자유에도 제약이 생긴다. 가령, '사냥단의 포효'로 옮긴 12장 제목 'Cry of the Hunters'에서 'cry'는 사냥단이 랠프를 쫓는 동안 지르는 '함성'을 가리키는 동시에, 구조의 희망이 실현된 순간 소년들이 터뜨리는 '울음'이기도 하다. 시에 가까운 이런 문체는 소설 속 상황의 폭력성과 대비되어 더욱 처연한 인상을 자아낸다.

　　아메 대용의 『파리대왕: 그래픽 노블』은 원작 소설의 묵시록적인 분위기를 서정적인 수채화 이미지로 탁월하게 치환해 낸다. 감정을 억제한 원작의 건조함은 문학적 감수성이 뛰어난 그래픽 아티스트의 시각화를 통해 중화되고, 독자가 이 작품의 핵심에 쉽게 이르도록 상상의 재료를 풍부히 제공한다. 이 책의 소년들은 더 아이들답고, 그래서 더 모두가 가엾다. 그리고 대용이 작가의 말에 썼듯이, 『파리대왕: 그래픽 노블』의 대사와 지문은 모두 원작에서 따 왔다.

　　처음에 이것을 깨닫고 나는 무척 놀랐다. 이런 작업 방식은 그저 줄거리가 같을 뿐 완전히 다른 작품을 창작하는 리메이크에 비해 훨씬 까다롭고, 섬세한 주의를 기울여야 하기 때문이다. 그런데 원작 서사를 압축하고 각색한 솜씨뿐만 아니라, 원작의 문장들을 적재적소에 배치한 대용의 안목은 감탄스러웠다. 그 덕분에 대용의 작품은 원작에 거의 근접하면서도, 원작의 감응력은 한결 강화한 그래픽 노블이 되었다. 그렇지만 한국어 번역자인 나에게 이것은 두 배의 고민거리를 안겨 주었다. 원작의 시적 문체를 한국어로 옮기는 것만도 여의치 않은데, 작은 말풍선 안에 골딩의 문장들을 절묘하게 담아 낸 대용의 감각까지 살리자니 자꾸만 갈팡질팡하게 됐다. 여러 가지로 시도해 보았으나, 아무래도 이 책의 번역은 아메 대용이 재편집한 문장들이 만들어 내는, 조금은 더 밝고 푸른 색채를 전하는 쪽으로 기울어질 수밖에 없었다.

옮긴이 이수은

이화여자대학교 국문학과와 같은 학교 대학원을 졸업했다.
독일 쾰른 대학교에서 중세사를 공부했다. 22년간 문학 편집자로 일했다.
지은 책으로 『느낌과 알아차림』, 『이탈리아 기행』(주석 및 편집), 『평균의 마음』,
『실례지만, 이 책이 시급합니다』, 『숙련자를 위한 고전노트』가 있다.

파리대왕: 그래픽 노블

1판 1쇄 펴냄 2024년 9월 20일
1판 3쇄 펴냄 2025년 4월 28일

원작 윌리엄 골딩
각색 및 그림 아메 데용
옮긴이 이수은
발행인 박근섭, 박상준
펴낸곳 (주)민음사

출판등록 1966. 5. 19. (제 16-490호)
주소 서울특별시 강남구 도산대로1길 62(신사동) 강남출판문화센터 5층 (우편번호 06027)
대표전화 02-515-2000 팩시밀리 02-515-2007
홈페이지 www.minumsa.com

한국어 판 ⓒ (주)민음사, 2024. Printed in Seoul, Korea

ISBN 978-89-374-2804-3 07840

* 잘못 만들어진 책은 구입처에서 교환해 드립니다.